· 中国现代经典新诗集汇校本丛书 ·

星 空

郭沫若 著

孟文博 汇校

金宏宇 易彬 主编

长江出版传媒 | 长江文艺出版社

图书在版编目（CIP）数据

星空 / 郭沫若著 ; 孟文博汇校. -- 武汉 : 长江文艺出版社, 2024. 12. --（中国现代经典新诗集汇校本丛书 / 金宏宇，易彬主编). -- ISBN 978-7-5702-3782-1

Ⅰ. I226

中国国家版本馆 CIP 数据核字第 2024XE7441 号

星空

XINGKONG

责任编辑：程华清 　　　　　　　　责任校对：易　勇

封面设计：胡冰倩 　　　　　　　　责任印制：邱　莉　丁　涛

出版： 长江出版传媒　　长江文艺出版社

地址：武汉市雄楚大街 268 号　　　　邮编：430070

发行：长江文艺出版社

http://www.cjlap.com

印刷：中印南方印刷有限公司

开本：640 毫米×960 毫米　　　1/16　　　印张：7

版次：2024 年 12 月第 1 版　　　　2024 年 12 月第 1 次印刷

行数：2484 行

定价：24.00 元

汇校说明

  《星空》最初由上海泰东图书局于 1923 年 10 月出版，是郭沫若继《女神》之后出版的第二部原创作品集。全书分为三个部分，分别是《第一辑 诗歌》《第二辑 戏曲》和《第三辑 散文》，共收录了他从 1919 到 1923 年间创作的诗歌 32 首、诗剧 3 部和小说散文 4 篇。这些作品除《献诗》外，均在《创造》（季刊）《时事新报·学灯》《学艺杂志》等报刊上发表过。这些最初曾发表于各报刊上的作品在本汇校本中统称为"初刊本"，其中的部分作品在被收入最初版的《星空》时有小幅修改。

  《星空》在 1923 年 10 月出版之后，又由泰东图书局分别于 1924 年、1926 年、1927 年、1928 年、1929 年、1930 年、1932 年相继再版，且再版的作品集均采用最初版本的版式和内容，并无改动，因此本汇校本将这些版本统称为"泰东本"。

  《星空》最后成为定本，是在 1957 年出版的《沫若文集》第一卷中，这也是目前《郭沫若全集》第一卷中所采用的版本。这一卷中的《星空》在篇目和具体内容方面，都经过了作者较大幅度的修订。由于这一版《星空》是作家最后改定的定本，因此本汇校本选其为底本，称为"文集本"。"泰东本"收录作品的最初发表刊物和"文集本"收录情况的对照具体见后表。

发表篇目统计表

	篇目	发表刊物	"文集本"收录情况
第一辑 诗歌	《星空》	1922 年 8 月 25 日（因故延误，实际出版于九月上旬）上海《创造》（季刊）第一卷第二期	收录
	《洪水时代》	1922 年 1 月 30 日上海《学艺杂志》第三卷第八号	收录
	《月下的"司芬克司"——赠陶晶孙》	1922 年 8 月 18 日上海《时事新报·学灯》，题为《月下的 Sphinx》	收录，题目改为《月下的司芬克司》
	《苦味之杯》	1922 年 8 月 18 日上海《时事新报·学灯》	收录
	《静夜》	1922 年 8 月 18 日上海《时事新报·学灯》，题为《静夜吟》	收录
	《偶成》	1922 年 8 月 18 日上海《时事新报·学灯》	收录
	《南风》《白云》《新月》《雨后》《天上的市街》	以《诗五首》为总题，发表于 1922 年 3 月 15 日（因故延误，实际出版于 5 月 1 日）上海《创造》（季刊）第一卷第一期	收录

（续表）

	篇目	发表刊物	"文集本"收录情况
第一辑 诗歌	《黄河中的哀歌》《仰望》《江湾即景》《吴淞堤上》《赠友》《夜别》《海上》《灯台》《拘留在检疫所中》《归来》	以《彷徨（诗十首）》为总题，发表于1922年11月25日上海《创造》（季刊）第一卷第三期	收录
	《好像是但丁来了》《冬景》《夕暮》《暗夜》《春潮》《新芽》《大鹜》《地震》《两个大星》《石佛》	以《好像是但丁来了（诗十首）》为总题，发表于1923年2月1日上海《创造》（季刊）第一卷第四期。	收录，其中《好像是但丁来了》题目改为《Paolo之歌》
第二辑 戏曲	《孤竹君之二子》	1923年2月1日上海《创造》（季刊）第一卷第四期	收录
	《月光——此稿献于陈慎候先生之灵》	1922年10月1日上海《学艺杂志》第四卷第四号	未收录（后收入《郭沫若全集》第六卷）

（续表）

第二辑 戏曲	篇目	发表刊物	"文集本"收录情况
	《广寒宫（童话剧）》	1922 年 8 月 25 日上海《创造》（季刊）第一卷第二期	收录，题目改为《广寒宫》
第三辑 散文	《牧羊哀话》	1919 年 11 月 15 日《新中国》月刊第一卷第七期	未收录（后收入《沫若文集》第五卷）
	《残春》	1922 年 8 月 25 日（因故延误，实际出版于九月上旬）上海《创造》（季刊）第一卷第二期	未收录（后收入《沫若文集》第五卷）
	《今津纪游》	1922 年 8 月 25 日（因故延误，实际出版于九月上旬）上海《创造》（季刊）第一卷第二期	未收录（后收入《沫若文集》第七卷）
	《月蚀》	1923 年 9 月 2 日、9 日《创造周报》第 17—18 号	未收录（后收入《沫若文集》第五卷）

汇校版本书影

泰东本
上海泰东图书局 1923 年

星空

（第二创作集）

郭沫若著

1926.

泰东本
上海泰东图书局 1926 年

創造社叢書
（第六種）
星空

中華民國十六年六月五版

本書（實售大洋四角 外埠寄費四分）

版權所有

著作者 郭沫若

發行者 趙南公

印刷者 泰東圖書局

總發行所泰東圖書局

上海四馬路一二四·五號

分局 南京 長沙

泰东本

上海泰东图书局 1927 年

泰东本
上海泰东图书局 1932 年

文集本
人民文学出版社 1957 年

目　录

Zwei Dinge erfüllen das Gemüt mit immer neuer und zunehmen-
der Bewunderung und Ehrfurcht，je öfter und anhaltender sich das
Nachdenken damit beschäftigt：Der bestirnte Himmel über mir,
und das moralische Geselz in mir.

Kant

有两样东西，我思索的回数愈多，时间愈久，他们充溢我
以愈见刻刻常新，刻刻常增的惊异与严肃之感，那便是我头上
的星空和心中的道德律。

——康德 [①]

---

① 这段引文和译文出现在泰东图书局 1923 年 10 月初版《星空》的扉页中，以后各版《星空》均
未删除。参见康德：《实践理性批判》，关文运译，商务印书馆 1960 年版，第 164 页。

献诗 ①

啊，闪烁不定的星辰哟！
你们有的是鲜红的血痕，
有的是净朗的泪晶——
在你们那可怜的幽光之中
含蓄了多少沉深的苦闷！

我看见一只带了箭的雁鹅，
啊！它是个受了伤的勇士，
它偃卧在这莽莽的沙场之时
仰望着那闪闪的幽光，
也感受了无穷的安慰。

眼不可见的我的师哟！
我努力地效法了你的精神：
把我的眼泪，把我的赤心，
编成了一个易朽的珠环，

① 此诗在收入 1923 年 10 月上海泰东图书局初版《星空》前未见单独发表过。

捧来在你脚下献我悯忧。

1922 年 12 月 24 日夜，星影初现时作此。①

---

① 文集本为"十二月廿四夜，星影初现时作此。"。

星空 ①

美哉！美哉！

天体于我，

不曾有今宵欢快！

美哉！美哉！

我今生有此一宵，

人生诚可赞爱！

永恒无际的合抱哟！

惠爱无涯的目语哟！

太空中只有闪烁的星和我。

哦，你看哟！

你看那双子正中，

五车正中，

W 形的 Cassiopeia

横在天河里。

① 此篇最早发表于 1922 年 8 月 25 日（因故延误，实际出版于九月上旬）的上海《创造》（季刊）第一卷第二期。发表时，诗后的波浪线下有康德的引文及译文，收入泰东本及文集本时，诗中的"一、二、三、四、五、六"小节序号被删除了，代之以空行。

天船积尸的 Perseus

也横在天河里。

半钩的新月

含着几分凄凉的情趣。

绰约的 Andromeda，

低低地垂在西方，

乘在那有翼之马的

Pegasus 背上。

北斗星低在地平，

斗柄，好像可以用手斟饮。

斟饮呀，斟饮呀，斟饮呀，

我要饮尽那天河中流荡着的酒浆，

拼一个长醉不醒！

花毡一般的 Orion 星，

我要去睡在那儿，

叫织女来伴枕，

叫少女来伴枕。

唉，可惜织女不见面呀，

少女也不见面呀。

目光炯炯的大犬，小犬，

监视在天河两边，

无怪那牧牛的河鼓，

他也不敢出现。

天上的星辰完全变了！
北斗星高移在空中，
北极星依然不动。
正西的那对含波的俊眼，
可便是双子星吗？
美哉！美哉！
永恒不易的天球
竟有如许变换！
美哉！美哉！
我醉后一枕黑酣，
天机却永恒在转！
常动不息的大力哟，
我该得守星待旦。

我迎风向海上飞驰，
人籁无声，
古代的天才
从星光中显现！
巴比伦的天才，
埃及的天才，
印度的天才，

中州的天才，

星光不灭，

你们的精神

永远在人类之头昭在！

泪珠一样的流星坠了，

已往的中州的天才哟！

可是你们在空中落泪？

哀哭我们堕落了的子孙，

哀哭我们堕落了的文化，

哀哭我们滔滔的青年

莫几人能知

哪是参商，哪是井鬼？

悲哉！悲哉！

我也禁不住滔滔流泪……

哦，亲惠的海风！

浮云散了，

星光愈见明显。

东方的狮子

已移到了天南，

光琳琅的少女哟，

我把你误成了大犬。

蜿蜒的海蛇

你横亘在南东，

毒光熊熊的蝎与狼，

你们怕不怕 Apollo 的金箭？

哦，Orion 星何处去了？

我想起《绸缪》一诗来了。

那对从昏至旦地

欢会着的爱人哟！

三星在天时，

他们邂逅山中；

三星在隅时，

他们避人幽会；

三星在户时，

他们犹然私语！

自由优美的古之人，

便是束草刈薪的村女山童，

也知道在恒星的推移中

寻觅出无穷的诗料，

啊，那是多么可爱哟！

可惜那青春的时代去了！

可惜那自由的时代去了！

唉，我仰望着星光祷告，

祷告那青春时代再来！

我仰望着星光祷告，

祷告那自由时代再来！

鸡声渐渐起了，

初升的朝云哟，

我向你再拜，再拜。

1922 年 2 月 4 日晨 ①

---

① 初刊本及泰东本为"十一年二月四日　晨"。

洪水时代 ①

一 ②

我望着那月下的海波，
想到了上古时代的洪水，
想到了一个浪漫的奇观，
使我的中心如醉。
那时节茫茫的大地之上
汇成了一片汪洋；
只剩下几朵荒山
好像是海洲一样。
那时节，鱼在山腰游戏，
树在水中飘摇，
孑遗的人类
全都逃避在山椒。

① 本篇最初发表于 1922 年 1 月 30 日上海《学艺杂志》第三卷第八号。
② 初刊本及泰东本诗中各小节的序号为罗马字母"Ⅰ，Ⅱ，Ⅲ，Ⅳ，Ⅴ，Ⅵ"。

二

我看见，涂山之上

徘徊着两个女郎：

一个抱着初生的婴儿，

一个扶着抱儿的来往。

她们头上的散发，

她们身上的白衣，

同在月下迷离，

同在风中飘举。

抱儿的，对着皎皎的月轮，

歌唱出清越的高音；

月儿在分外扬辉，

四山都生起了回应。

三

"等待行人呵不归，①

滔滔洪水呵几时消退？

不见净土呵已满十年，

---

① 初刊本及泰东本此句及以下七句中的"呵"为"兮"。

不见行人呵已满周岁。

儿生在抱呵儿爱号咷，

不见行人呵我心寂寥。

夜不能寐呵在此徘徊，

行人何处呵今宵？——

唉，消去吧，洪水呀！

归来吧，我的爱人呀！

你若不肯早归来，

我愿成为那水底的鱼虾！"

四

远远有三人的英雄

乘在只独木舟上，

他们是椎髻、裸身，

在和激涨的潮流接仗。

伯益在舟前撑篙，

后稷在舟后摇艄，

夏禹手执斧斤，

立在舟之中腰。

他有时在斫伐林树，

他有时在开凿山岩。

他们在奋涌着原人的力威

想把地上的狂涛驱回大海！

五

伯益道："好悲切的歌声！

哪怕是涂山上的夫人？"

后稷道："我们摇船去吧，

去安慰她耿耿的忧心！"

夏禹，只把手中的斤斧暂停，

笑说道："那只是虚无的幻影！

宇宙便是我的住家，

我还有甚么个私有的家庭。

我手要胼到心，

脚要胼到顶，

我若不把洪水治平，

我怎奈天下的苍生？"……

六

哦，皎皎的月轮

早被稠云遮了。

浪漫的幻景

在我眼前闭了。

我坐在岸上的舟中，

思慕着古代的英雄，

他那刚毅的精神

好像是近代的劳工。

你伟大的开拓者哟，

你永远是人类的夸耀！

你未来的开拓者哟，

如今是第二次的洪水时代了！

1921 年 12 月 8 日作 ①

〔附注〕此诗出典见《吕氏春秋·季夏纪·音初篇》。篇中有云："禹行功，见涂山之女。禹未之遇而巡省南土。涂山氏之女乃命其妾候禹于涂山之阳，女乃作歌曰：'候人兮，猗！'实始作为南音。"此外《尚书·皋陶谟》据今文《尚书》有"娶于涂山，辛壬癸甲，启呱呱而泣，予弗子，惟荒度土功"数语。禹父治水九年不成，禹娶后三日而出，迄启呱呱坠地时当已一年，故上有"不见净土呵已满十年"②之语，非系杜撰也。

① 初刊本及泰东本此处时间标注为"十年十二月八日作"。
② 初刊本及泰东本此句中的"呵"为"兮"。

月下的司芬克司 ①

——赠陶晶孙

夜已半，

一轮美满的明月 ②

露在群松之间。

木星照在当头，

照着两个 "司芬克司 ③" 在走。

夜风中有一段语声泄漏——④

一个说：

好像在尼罗河畔 ⑤

金字塔边盘桓 ⑥。

---

① 本篇最初发表于 1922 年 8 月 18 日上海《时事新报·学灯》，原题为《月下的 Sphinx》，泰东本名为《月下的 "司芬克司" ——赠陶晶孙》。

② 初刊本此句为 "皎皎的一轮明月"。

③ 初刊本 "司芬克司" 为 "Sphinx"。

④ 初刊本无此句。

⑤ 初刊本此句为 "我好像在尼罗河畔"。

⑥ 初刊本 "盘桓" 为 "盘还"。

一个说：

月儿是冷淡无语，

照着我红豆子的苗儿。

苦味之杯①

啊啊，苦味之杯哟，

人生是自见此地之光②

不得不尽量倾饮。

呱呱坠地的新生儿的悲声！③

为甚要离开你温暖的慈母之怀，④

来在这空漠的、冷酷的世界？⑤

啊啊，天光渐渐破晓了，⑥

群星消沉，

---

① 本篇最初发表于 1922 年 8 月 18 日上海《时事新报·学灯》。

② 初刊本此句为"人生是自见此世之光"。

③ 初刊本此句为：
啊啊，弧弧的
新生儿的悲鸣！

④ 初刊本此句为：
为甚要离开你
温暖的慈母之怀，

⑤ 初刊本此句为：
来在这空漠的
冷酷的世界？

⑥ 初刊本此句为：
啊啊，
天光渐渐破晓了，

美丽的幻景灭了。

晨风在窗外呻吟，

我们日日朝朝新尝着诞生的苦闷。①

啊啊，

人为甚么不得不生？

天为甚么不得不明？

苦味之杯哟，

我为甚么不得不尽量倾饮？

---

① 初刊本此句为：

我们日日朝朝

新尝着诞生的苦闷。

静夜 ①

月光淡淡

笼罩着村外的松林 ②。

白云团团 ③，

漏出了几点疏星 ④。

天河何处 ⑤？

远远的海雾模糊。

怕会有鲛人在岸，

对月流珠？

① 本篇最初发表于 1922 年 8 月 18 日上海《时事新报·学灯》，原题为《静夜吟》，泰东本题目同。

② 初刊本此句为"照着村外的松林"。

③ 初刊本此句为"白云漫漫"。

④ 初刊本此句为"漏出几点的舒星"。

⑤ 初刊本此句为"哦，天河何处"。

偶成 ①

月在我头上舒波，
海在我脚下喧豗，
我站在海上的危崖 ②，
儿在我怀中睡了。

---

① 本篇最初发表于 1922 年 8 月 18 日上海《时事新报·学灯》。
② 初刊本"危崖"为"危岩"。

南风 ①

南风自海上吹来，
松林中斜标出几株烟霭。
三五白帕蒙头的青衣女人，
殷勤勤地在焚扫针骸。

好幅典雅的画图，
引诱着我的步儿延伫，
令我回想到人类的幼年，
那恬淡无为的太古 ②。

1921 年 10 月 10 日

---

① 本篇和后面的《白云》《新月》《雨后》《天上的市街》，最初以《诗五首》为总题，发表于1922年3月15日（因故延误，实际出版于5月1日）的上海《创造》（季刊）第一卷第一期。本篇题目下方有"十月十日"字样，收入泰东本时删除，未再加其他时间。
② 初刊本及泰东本"太古"为"泰古"。

白云①

鱼鳞斑斑的白云，
波荡在海青色的天里；
是首韵和音雅的，
灿烂的新诗。

听哟，风在低吟，
海在扬声唱和；
这么冰感般的，
幽缭的音波。

---

① 初刊本题目下方有"十月十三日"字样，收入泰东本时删除，未再加其他时间。

新月 ①

小小的婴儿，

坐在檐前欢喜，

拍拍着两两的手儿，

又伸伸着向天空指指。

夕阳的返照，

还淡淡地晕着微红，

原来是黄金的月镰，

业已现在西空。

1921 年 10 月 14 日

---

① 初刊本题目下方有"十月十四日"字样，收入泰东本时删除，未再加其他时间。

雨后 ①

雨后的宇宙，
好像泪洗过的良心，
寂然幽静。

海上泛着银波，
天空还晕着烟云，
松原的青森！

平平的岸上，
渔舟一列地骈陈，
无人踪印。

有两三灯火，
在远远的岛上闪明——
初出的明星？

1921 年 10 月 20 日

---

① 初刊本题目下方有"十月二十日"字样，收入泰东本时删除，未再加其他时间。

天上的市街①

远远的街灯明了②，
好像闪着无数的明星。
天上的明星现了，
好像点着无数的街灯。

我想那缥缈的空中，
定然有美丽的街市。
街市上陈列的一些物品，
定然是世上没有的珍奇。

你看，那浅浅的天河，
定然是不甚宽广。
那隔河的牛郎织女③，
定能够骑着牛儿来往。

---

① 初刊本题目下方有"十月二十日"字样，收入泰东本时删除，未再加其他时间。
② 初刊本此句为"远处的街灯明了"。
③ 初刊本及泰东本此句为"我想那隔河的牛女"。

我想他们此刻，

定然在天街闲游。

不信，请看那朵流星，

哪怕是他们提着灯笼在走。

1921 年 10 月 24 日

黄海中的哀歌 ①

我本是一滴的清泉呀，

我的故乡，

本在那峨眉山的山上。

山风吹我，

一种无名的诱力引我，

把我引下山来；

我便流落在大渡河里，

流落在扬子江里，

流过巫山，

流过武汉，

流通江南 ②，

一路滔滔不尽的浊潮

把我冲荡到海里来了。

浪又浊，

---

① 本篇和后面的《仰望》《江湾即景》《吴淞堤上》《赠友》《夜别》《海上》《灯台》《拘留在检疫所中》《归来》共十首诗歌，最初以《彷徨（诗十首）》为总题，发表于 1922 年 11 月 25 日上海《创造》（季刊）第一卷第三期。

② 初刊本此句为"流过江南"。

漩又深，

味又咸，

臭又腥，

险恶的风波

没有一刻的宁静，

滔滔的浊浪

早已染透了我的深心。

我要几时候

才能恢复得我的清明哟？

仰望

污浊的上海市头，
干净的存在
只有那青青的天海！

污浊了的我的灵魂！
你看那天海中的银涛，
流逝得那么愉快！

一只白色的海鸥飞来了。
污浊了的我的灵魂！
你乘着它的翅儿飞去吧！

江湾即景

蝉子的声音！

一湾溪水，
满面浮萍。

郊原的空气——
这样清新！

对岸的杨柳
摇……摇……

白头乌！
十年不见了！

柳荫下，
浮着一群鸭子呀！

吴淞堤上

一道长堤

隔就了两个世界。

堤内是中世纪的风光，

堤外是未来派的血海。

可怕的血海，

混沌的血海，

白骨翻澜的血海，

鬼哭神号的血海，

惨黄的太阳照临着在。

这是世界末日的光景，

大陆，陆沉了吗！

赠友

吴淞堤上的晚眺，

吴淞江畔的夜游，

多情的明月与夕阳

把我们的影儿

写在水里，印在沙上。

沙与水上的影儿

是容易消灭的，

我心眼中的一个影儿

是永不消灭的。

火星从窗外窥人，

月儿在白杨树外偷听，

偷听你那么清婉的歌音。

星与月的影儿

有离去的时候，

我心耳中的一段歌声

永没有离去的时候。

朋友！

我读你的诗，

我是多么荣幸哟！

你读我的诗，

我又是多么荣幸哟！

宇宙中好像只有我和你，

宇宙万汇都有死，

我与你是永远不死。

夜别

轮船停泊在风雨之中，
你我醉意醺浓，
在暗淡的黄浦滩头浮动。
凄寂的呀，
我两个飘蓬！

你我都是去得匆匆，
终个是免不了的别离，
我们辗转相送。
凄寂的呀，
我两个飘蓬！

海上

夕阳，
瞬刻万变的霞光！
西方的那朵木星哟，
又巨，又朗！
那儿的下面
便是昨儿别了的
风吹雨打的故乡。
故乡！
你虽是雨打风吹，
我总觉心儿惆怅。

彷徨，彷徨，
欲圆未圆的月儿
已高高露在天上。
旷渺无际的光波！
旷渺无际的海洋！
大海平铺，
大船直往。

我愿我有限的生涯，

永在这无际之中彷徨！

灯台

那时明时灭的，
那是何处的灯台？
陆地已近在眼前了吗？
转令我中心不快。

啊，我怕见那黑沉沉的山影，
那好像童话中的巨人！
那是不可抵抗的，
陆地已近在眼前了！

拘留在检疫所中

隔海的廛肆那样辉煌！
夜中的海色那样迷茫！
St.Helena 上的拿翁哟，
高加索斯山下的 Prometheus 哟，
你们的悲哀我知道了！

归来

　　游子归来了，
　　在这风雨如晦之晨，
　　游子归来了。
　　虽说不是，不是故乡，
　　也和我，和我的故乡一样。
　　我的爱人无恙，
　　爱子无恙，
　　一切的风光无恙；
　　只有儿们大了！
　　他们畏畏缩缩地，
　　怕是我也老了！
　　可喜的成长哟，
　　可惧的成长哟，
　　大海开张在我前面！
　　拥抱，拥抱，拥抱，
　　胸儿压着胸，
　　脸儿亲着脸……

9 月 20 日清晨 ①

---

① 初刊本此处为"九月二十日　清书"。

Paolo 之歌 ①

好像是但丁来了！

风在哀叫，

海在怒号，

周遭的宇宙——

地狱底的深牢！

"Francesca da Ramini 哟，

你的身旁，

便是地狱里的天堂！

我不怕净罪山的艰险，

我不想上那地上乐园！" ②

---

① 本篇原题《好像是但丁来了》，和后面的《暗夜》《冬景》《夕暮》《春潮》《新芽》《大鹫》《地震》《两个大星》《石佛》共十首诗歌，最初以《好像是但丁来了（诗十首）》为总题，发表于 1923 年 2 月 1 日上海《创造》（季刊）第一卷第四期。

② 初刊本此句下有注释："（注）Francesca 乃 Guido da Polenta 之女。父字之于 Gianciotto；Gianciotto 有勇而貌丑，其弟 Paolo 貌美，与 Francesca 相欢爱，二人为 Gianciotto 所杀。请参看《神曲》中《地狱篇》之第五章。"泰东本此注释中的"Guido da Polenta 之女"改为"da Polenta 之女"，余同。

冬景

海水怀抱着死了的地球，

泪珠在那尸边跳跃。

白衣女郎的云们望空而逃，

几只饥鹰盘旋着飞来吊孝①。

尸体中涌出的一群勇蛆，

高兴着在作战中的儿戏②；

我不知道还是该唱军歌？

我不知道还是该唱薤露？

---

① 泰东本此句为"几只饥鹰盘旋着来吊孝"。
② 初刊本此句为"高兴着在作战争的儿戏"。

夕暮

一群白色的绵羊，
团团睡在天上，
四围苍老的荒山，
好像瘦狮一样。

昂头望着天
我替羊儿危险，
牧羊的人哟，
你为甚么不见？

暗夜

天上没有日光①，
街坊上的人家都在街上乘凉。
我右手抱着一捆柴，
左手携着个三岁的儿子，
我向我空无人居的海屋走去。

——妈妈哪儿去了呢？
——儿呀，出去帮人去了。
——妈妈帮人去了吗？
——儿呀，出去帮人去了。

远远只听着海水的哭声，
黑黢黢的松林中也有风在啜泣。
儿子不住地咿咿哑哑地哀啼……
儿子抱在我手里，
眼泪抱在我眼里。

---

① 初刊本此句为"天上没有月光"。

春潮

睡在岸舟中望着云涛①，
原始的渔人们摇着船儿去了。
阳光中波涌着的松林，
都在笑说着阳春已到！

我的灵魂哟！阳春已到！
你请学着那森森的林木高标！
自由地、刚毅地、稳慎地，
高标出，向那无穷的苍昊！

---

① 初刊本此句为"睡在岸舟中仰望云涛"。

新芽

新芽！嫩松的新芽！

比我拇指还大的新芽！

一尺以上的新芽！

你是今年春天的纪念碑呀 ① ！

生的跃进哟！

春的沉醉哟！

哦，我！ ②

我是个无机体吗？

---

① 泰东本此句为"你是今年春天的纪念呀"。

② 初刊本此句为"哦，我！——"。

大鹫

西比利亚的大鹫！
你大比肥鹅而瘦，
你囚在个庞大的铁网笼中，
笼中有一只家兔，两匹驯鸠！

西比利亚的大鹫！
你喙如黄铜，爪如铁钩，
你棱眼望着天空，
拍拍地鼓着翅儿怒吼。

西比利亚的大鹫！
你不搏家兔，不击驯鸠，
你是圣雄主义的象征哟，
哦，西比利亚的大鹫！ ①

----

① 初刊本在结尾处有一句"（动物园中所见）"，此句在收入泰东本时删除了。

地震

地球复活了！

一切的存在都在动摇！

但是只有一瞬时

又归沉静了。——

摇动后的沉静，

死灭一般的沉静，

阳光在向着儿们微笑，

向着惊骇了的儿们微笑。

回想起我的幼年，

母亲说是鳌鱼眨眼；

地底果有鳌鱼吗？

我幼时的心眼中是曾看见。

如今是鳌鱼死了：

我知道地在空中盘旋，

我知道是由地陷或是火山，

但我何曾更见聪明半点^①？

两个大星

婴儿的眼睛闭了，
青天上现出了两个大星。
婴儿的眼睛闭了，
海边上坐着个年少的母亲。

"儿呀，你还不忙睡吧，
你看那两个大星，
黄的黄，青的青。"

婴儿的眼睛闭了，
青天上现出了两个大星。
婴儿的眼睛闭了，
海边上站着个年少的父亲。

"爱呀，你莫用唤醒他吧，
婴儿开了眼睛时，
星星会要消去。"

石佛

海雾蒙蒙，
松林清净，
小鸟儿的歌声，
鸡在鸣。
松林顶上，
盘旋着一只飞鹰。

我沿着古寺徐行。
古寺内石佛一尊。
佛哟，痴人！
你出了家庭做甚？
赢得个石头冰冷，
锁着了你的灵魂。①

---

① 初刊本在此诗后有一段附注：

〔附注〕这些诗是去年冬天和今年春夏之交的时候做的，全体本没有什么连络，只是我自己的心泉随着时间的潮流闪动过的波迹罢了。 十一年十二月八日 志。

此段附注在收入泰东本时删除。

孤竹君之二子 ①

开幕。

渤海北岸，海水平静，直与天接，天上云峰怒涌。

海滨后段为沙岸，前段为草坪，坪中杂色草花点缀。右翼临海处岩石嶙峋，高低不等；稍前垂柳一株。左翼一带为原始的森林。

初夏的正午时分，时阴时晴。

土人女子年二十四五，装束如印度风，以黄衣蒙头裹身，耳上垂大铜环，赤足，倚睡柳树荫下，抱一婴儿在怀中哺乳。

女子（口中低低唱歌）

日头高，柳丝长，

柳丝牵儿入梦乡，

梦乡便在娘身上。

娘在望你爹爹呢，

儿呀，儿呀，

你在望他吗？

---

① 本篇最初发表于 1923 年 2 月 1 日上海《创造》（季刊）第一卷第四期，发表时篇前有《幕前序话》，篇后有《附白》。泰东本收录了《幕前序话》，未收录《附白》。文集本均未收。现均附录于篇后。

暖风吹，笑纹涨，

涨在婴儿脸儿上，

涨在海洋水面上。

海水贪着午睡了，

儿呀，儿呀，

你也睡睡吧！

女子（边唱歌，边自言自语）　今天他怎么回来得这么迟呢？午饭时分了，还不见回来，怕他到上湾去了。……等人真是难等呀！（连掩口作几次呵欠。）

母子在柳树下睡去。

有顷，渔父一人年纪三十上下，裸身赤足，皮色如赤铜，腰部以茶色布片遮裹，头发蓬茸，须髯满颊，左耳上亦贯一大铜环。右肩搭鱼网，左手提鱼篮，自林中走出。

渔父（自语）　世道不好，连海里的鱼都去逃难去了。打了半天的鱼，才打了两匹大鱼秧子……（瞥见柳树下母子两人）哦，他们早在那儿等我了，他们是睡熟了的吗？……哈哈，真好稳熟地安睡！青草面着这么柔软的寝床，杨柳张着那么轻轻的罗帐，听着海水的睡歌，盖着温暖的阳光，他们真是安稳，稳睡得如像死人一样！……好，我不用惊醒他们，等我采些野花来替他们作葬礼吧。（置鱼网、鱼篮于草坪上）他们能得这么死去，他们真是幸福：免得恶魔来吃他们的心，免得恶魔来吃他们的肉。（弓背在草原中采花，时时抬头看母子两人）啊，他们真是睡得安稳！……花已采了这么一大把了，等我拿去散在他们身上吧！（低唱）①

青天呀！你在头上照临，

太阳呀，你请倾耳静听！

这儿安睡着两个无垢的人②，

我采摘花儿来把他们埋殡。（散花母子身上。）

女子（醒）　哦，爸爸，你回来了。嗳哟，你又在做甚么玩意儿哟？

渔父（狂笑）　哈哈，我以为你们是死了，我在替你们散花作葬礼呢。

女子（抱婴儿起）　你总爱这么作玩笑呀。你还在，我们那便会死呢？

渔父　儿子醒了吗？哦，睁起一双大的眼睛！（抱过婴儿来连连接吻。）

女子　我等了你多一阵了，你到甚么地方去了来？

渔父　今天运气不好，我在这里打了一阵鱼，连一尾鱼秧子也没打到，我便到上湾去了来。你们怕在等我回去吃午饭吧？呵，今天又会吃不饱饭了，打了半天只打了两尾小鱼儿，我们回去的

① 初刊本"（低唱）"为"（曼歌作歌）"，泰东本删除。

② 初刊本及泰东本此句为"这儿安睡着两个无垢的爱人"。

时候，你还得送一尾到柳孤儿家里去才好。

女子（攀折杨柳两枝，扭成小环，拾取地上落花，穿缀环上）
柳孤儿的父亲，算起来快要满两周年了呢。

渔父 可不是吗！他不该要到那都会地方去。他到了朝，依
然还是打鱼；他有天早晨在结了冰的河里打鱼，被殷王受辛看
见了，怪他不怕冷，说他骨髓里一定有甚么与众不同的地方，
便把他捉去，把脚胫斫了。唉，可怜他就是那么死了。他真是
睁起眼睛，到都会地方去寻死的呢。

女子（编花环成，戴在婴儿头上） 我把这顶花圈戴在我儿
子的头上，祝他长大了不要学那柳孤儿的父亲一样。

渔父 等到他长大了，我们还能够在这平安的乡下生活，那
是再好也没有的了。可惜我们这种生活，同这柳枝草花一样，是
容易败坏的。如今，我们已隐隐感受着一种威胁了。①

女子 有甚么灾难吗②？

渔父 我早就想对你说，但是我又怕你担心。你须知担心也
是无益的，你请不要空担心。你还不曾知道，近来的殷王受辛
更是暴虐得没有边际了。我听说他近来喜欢吃起人肉来。他爱
把婴儿的肉蒸来吃，爱把人的心脏烧来吃。朝歌里的小孩子们
快要被他吃干净了，他便把些怀了胎的女人的肚腹来剖开，把

---

① 初刊本及泰东本此处为"我们这种生活，可惜同这柳枝花草一样是容易败坏的，我们纵使永不
离去故乡，总不免有秋风吹来凋败我们。如今我们已隐隐感受着一种威胁了。第一，我们是不得不死；
并且有比死还厉害的灾难来胁迫我们——"。

② 初刊本及泰东本此句为"有甚么灾难呢"。

胎儿取出来吃。他把他叔父的心脏也剖开，烧来吃了。①

　　女子　呵，天地间有这样的人吗？

　　渔父　这样的人正是多着呢。听说他的部下那些有爵位的人，那些有爪牙的人，都是和他一样吃人的魔鬼。他们把都会的人吃干净了，不消说就要吃到我们乡里来。如今乡里的人见机的都逃走了。② 他们都是逃往岐山下面的周国去的。听说那儿的周王爱老百姓就如像我们爱我们的儿子一样啦，……你看，我们这个儿子，他是多么可爱！③ 假如有人要来挖他的心，我是要和他拼命！

　　女子　我要叫他先来把我的心挖去！

　　渔父　等得他们来挖去你的心，那是我早已不在这人间了。——但是我是不想逃走的。④ 我不相信如今有爵位的人真会爱我们如像我们爱我们的儿子。我想那些都是假的。他们不过是披着人皮的鳄鱼，他们不过想利用我们的生命去巩固⑤ 他们的爵位罢了。即使他们能够把那些吃人的魔鬼除去，也不过另外换一批鳄鱼来，我们依然要被他们吃。我和部落里的人前几天已经商量过了，我们绝对不逃走，不去依赖鳄鱼。我们在部落里大家相

---

　　① 初刊本及泰东本此处为"未来的事情我本不想使你担心；就使担心也是无益。我现在和你谈些外界的新闻吧，我早就想对你说，但是我又怕你担心。你须知担心也是无益的，你请不要空担心。你还不曾知道，近来的殷王受辛更是暴虐的没有边际。我听说他近来喜欢吃起人肉来。他爱把婴儿的肉来蒸来吃，爱把人的心脏来烧来吃。他把朝歌城里的小孩子们快要吃干净了，他便把些怀了胎的女人的肚腹来剖开，把胎儿取来吃。他把他叔父的心脏也剖开来烧来吃了。"

　　② 初刊本及泰东本此处为"不消说就要吃到我们乡里来。如今乡里的人见机的都逃走了。"

　　③ 初刊本及泰东本此处为"听说那儿有位君主爱我们百姓就如我们爱我们的儿子一样——啦，你看，你看我们这个儿子，他是多么可爱。"

　　④ 初刊本及泰东本此处为"那是我早已不在这世间上了。——他们虽是逃走，但是我是不想逃走的。"

　　⑤ 初刊本及泰东本"巩固"为"固全"。

辅相卫，等有吃人的魔鬼来，我们便和他决一死战。……①

女子（呈惊愕状，向右方指示） 爸爸，哦，你看！你看！那儿来的是甚么？

渔父 唔，唔，那像是位……你看他的装束，那的确是……唔，唔，说不定怕就是吃人的魔鬼来了。……你去，你快去，你抱着儿子快往林子里去躲藏，我随后便来。②（授儿与其妻。）

女子（抱儿飞跑入林中，回呼） 爸爸，你也快来，不用和他争斗吧！

渔父点头，收拾鱼篮鱼网，向右探望一回，旋即躲入林中。③

伯夷年三十上下，装如朝鲜上流人风度，戴笠着屦，徐徐自右翼走出。伫立四顾，呈欣悦态。俄而脱笠露髻，引臂作鸟伸势，放歌。——太阳光线，分外晴明。

伯夷（放歌）

呵呵，寥寂庄严的灵境，

这般地雄浑、坦荡、清明！

地上是百花灿烂的郊原，

眼前是原始的林木萧森；

---

① 初刊本及泰东本此处为"即使他能够替我们把那些吃人的魔鬼除去了，也不过另外又换一批鳄鱼来，我们依然还是他们的食物。我和我们部落里的人前几天约过了，我们是绝对不逃走，不去依赖鳄鱼；我们在部落里大家相辅相卫，等待有吃人的魔鬼来，我们便和他决一死战。……"。

② 初刊本及泰东本此处为"你抱婴儿快往林子里去躲避，我随后便来。"。

③ 初刊本及泰东本此处为"渔父（点头，收拾鱼篮鱼网，向右方探望一回，旋即躲入林中）。"。

无边的大海璀璨在太阳光中，
五色的庆云在那波间浮动：
哦哦，天际簇涌着的云峰哟，
那是自由的欢歌，箫韶的九弄！

我这尘寰中三十年的囚佣，
到今天才得解放了五官的闭壅，
我俯仰在天地之间呼吸干元，
造化的精神在我胸中喷涌！

三十年来的新我方庆诞生，
三十年前的生涯真如一梦！
啊啊，我回顾那堕落了的人寰，
我还禁不住愤怒重重，痛定思痛。

那儿是奴役 ① 因袭的铁狱铜笼，
那儿有险狠、阴贼、贪婪，涌聚如蜂。
毒蛇猛兽之群在人上争搏雌雄，
奴颜婢膝者流在脓血之间争宠。
啊啊，原人的纯洁，原人的真诚 ②，
是几时便那样地消磨罄尽？

---

① 初刊本及泰东本"奴役"为"刑政"。
② 初刊本及泰东本"真诚"为"精诚"。

我如今离开了那罪和不幸之门，

我可在这高天大地之中瞑目而殒。

啊啊，我自从离开了孤竹，计算起来，昼夜已交替了十次了。我随着辽河南下，我终竟到了这寥无人迹的境地上来，我逃人如像逃影一般，我终竟到了这寥无人迹的境地来了！我幼时所景慕、所渴念、所萦梦的大海，如今浮泛着五色的庆云在我眼前灿烂。我好像置身在唐虞时代以前；在那时代的自由纯洁的原人，都好像从岩边天际笑迎而来和我对语。啊，我此刻真是荣幸呀！

我的周遭没一样不是新奇的现象：我头上穹窿着的苍天，我脚下净凝着的大地，我眼前生动着的自然，我心中磅礴着的大我！啊，我污池中的白莲，如今才移根在瑶池①里来了！

我回想到唐虞以前的人，②那是何等自由、纯洁、高迈哟！他们是没有物我的区分，没有国族的界别，没有奴役③因袭的束累，他们与其受人爵禄，宁肯负石投河，牺牲一己的生命而死。如今呢？啊，如今的人④是不惜牺牲人的生命以求尊宠了！堕落了的人类哟！不可挽救的人类哟！可那不是同受高天厚地的复载⑤，同受浩气的嘘息，同受原人血液的流灌，却怎堕落成私欲的集团，如牛马屎的混积一样去了？归究起来，还是要怪那万恶不赦的夏启！一切的罪恶和不幸的根芽，都是从他那家天下

---

① 初刊本及泰东本"瑶池"为"玉液"。
② 初刊本及泰东本此处为"我回想唐虞以前的人类，"。
③ 初刊本及泰东本"奴役"为"刑政"。
④ 初刊本及泰东本"人"为"人类"。
⑤ 初刊本及泰东本"复载"为"载转"。

的制度种下，是他把人类浊化了呀！（扬声而放歌）

啊啊，你万恶不赦的夏启呀！

我们古人本来没有国家，本来没有君长，

偶尔应时势的要求，

才由多数人民选出个贤者在上。

伏羲之后不知历多少年代才有神农，

神农之后又不知历多少年代才有黄帝，

他们何尝是酒池肉林琼台玉食的专擅魔王？

他们不过是我们古人的看牛的牧夫，

耕地的农人，缝衣制车的工匠。

唐虞时代洪水横流，

便是治水有功的你的父亲，

也不过是我们古人选出的治水的工头。

不幸他才生了你，

你不肖的儿子哟，你万恶不赦的夏启！

你敢在公有①的天下中创下家天下的制度。

你擅自捏造个人形的上帝顶在头颅。

你说天下是上帝传给你的父亲，

是你夏家的私有财产；

---

① 初刊本"公有"为"公产制度"。

该你传子传孙，该你分封功臣，

由你把整洁的寰中纵横宰砍。

你说你是万民的父母，你是上帝的代身，

该你作福作威，寿夭人的生命。

到如今你的血食何存？

你徒使后人效尤，

制出了许多礼教，许多条文，

种下了无穷无际的罪和不幸。

啊，你私产制度的遗恩！

你偶像创造的遗恩！

比那洪水的毒威还要剧甚！

惨毒的洪水怎不曾把个呱呱坠地的婴儿，

你生在涂山未曾毒祸人类的婴儿，

从人类的命运之中解救了去？

啊，滔滔不尽的夏启的追随者哟！

人类的祸灾是万劫不能解救！

我在这高天厚地之中发誓宣明：

我只能离群索居，独善吾身！

你们屈服在奴役积威之下的人们哟 [1]，

囚笼中的小鸟还想飞返山林，

---

[1] 初刊本及泰东本此句为"你们窘困在刑政积威之下的人们哟"。

豢池中的鱼鳞还想逃回大海；

你们如不甘那样的奴隶生涯，

你们还请在这"独善的大道"上大胆徘徊！

你们蹒跚在牢狱之中还嫌身太自由，

你们顶戴着暴君还要供献羔羊、春酒，

你们男耕女织替他衣食爪牙，

你们献税纳租向着蝗虫求报，

你们养虎自毙，作茧自缠，

你们步着死路的屠羊，为甚帖耳不返？

可怜无告的人类哟！

他们教你柔顺，教你忠诚，

教你尊崇名分，教你牺牲，

教你如此便是礼数，如此便是文明；

我教你们快把那虚伪的人皮剥尽！

你们回到这自然中来，

过度纯粹赤裸的野兽生涯，

比在囚牢之中做人还胜！

宇宙中有不尽的资源，

我们各尽所能足以滋乳生生；

我们各有理性天良足以扶危济困；

我们何有于君长神圣①？何有于礼教文明？

---

① 初刊本及泰东本"神圣"为"刑政"。

可怜无告的人们哟！快醒！醒！

我在这自然之中，在这独善的大道之中，

高唱着人性的凯旋之歌，表示欢迎！（浩歌独白中，初犹沉毅，继则渐激渐烈，挥笠振衣，在岸上手舞足蹈，状如发狂。）

渔父夫妇在林中时隐时现，男者间或出头窥听，俄复隐去。至此始大胆走出，两人趋伯夷前^①伏地施礼。

渔父　哦，人类的教化者！我们的上帝！你恕我们渎亵了你！我们刚才把你当成那吃人的魔鬼，你恕我们渎亵了你！请你眷顾我们！你的启示，我们句句都听得很明白了。

伯夷（和婉）我说的话，你们听见了吗？

女子　上帝！你的启示，我们句句都听明白了。

伯夷（扶渔人夫妇起）^②　你们起来，起来。我并不是甚么上帝，我同你们一样只是一个人。假使是有上帝，我们只要能够循着自己的本性生活，不为一切人为的桎梏的奴隶的时候，那便甚么人都是上帝了。我们的本性，原来是纯真无染的。你看你们这个婴儿，他何曾带着点人类的一切罪恶的烙印呢？他只有完全整块的一个浑圆的自我！（抚摩幼儿头额）啊啊，你们这个小上帝快满一岁了吗？

女子　已经十一个月了。

---

① 初刊本无"前"。
② 初刊本及泰东本此处为"（扶二人起）"。

伯夷 我祝他永远是个孩子，我平生最厌恶俗人，我只爱无知的婴孩，无知的草木，我还单爱我一个兄弟，因为他便是一个永远的孩子。可怜我忍心，^① 把他丢在牢笼里了。

渔父 啊，你真的是个人^② 吗？

伯夷 你看我和你有甚么不同^③ 呢？我不瞒你们，我自己本是孤竹国的王子。我的父亲不久才死了，我得到了这个机会，我才逃走了出来。我一逃走了出来，我倒自由了，可怜我的兄弟他便不能不作孤竹国的国君。但是我的兄弟他是很聪明的人。聪明人是只想支配自己不想支配别人的。我想他一定也会和我一样，寻个机会逃走。

渔父 啊，你这位难得的王子！如今的人谁个不想支配人？谁个不想争权夺禄？偏你把应当享受的王位也同丢个臭鱼一样丢弃了。你真难得呢！

伯夷 没有甚么难得，不过如你所说，丢了个臭鱼罢了。

渔父 如果一切在上位的人都和你一样，把自己的爵禄抛弃了，真真做个自食其力的平民，那可就好了。

女子 那是望石头开花，马生角呢！他们不是还要来剜我们的心脏，吃我们的肉吗？

渔父 怕他们不来！他们来我总先叫他们的心脏和肉让给海里的鱼吃！

---

① 初刊本及泰东本此处有"忍心"。
② 初刊本及泰东本"人"为"生人"。
③ 初刊本及泰东本"不同"为"区别"。

此时右翼 ① 起哄闹之声：“不要把他放走了！”“朋友们！朋友们！快赶上去！快赶上去！”“他分明说他是王子呢，快追赶上去！快追赶上去！”……多人脚步杂乱声。

伯夷（惊愕） 哈哈，他们追赶我来了吗？我才好像一个罪人一样，连一个王位也逃不掉！我……

叔齐年纪二十六七光景，装束与伯夷相似，仓皇自右翼跑出。

叔齐（瞥见伯夷，突前捉臂牵曳） 哦哦！哥哥，你才在这儿！他们追赶来了，快走！快走！

伯夷（拒绝） 叔齐呀，我想不到你还会率领人们来追赶我啦。我既不愿意，并且又是父亲死时的遗嘱，你为甚么要率领着他们来追赶我？你是空费心血了。

叔齐（摇头强曳） 哥哥，不是，不是，我也不愿意呢。他们追赶得很紧了，快走！快走！

追呼之声愈近。

伯夷 你要叫我往哪儿走？你想叫我回孤竹去吗？你毕竟还

---

① 初刊本“右翼”为“左翼”。

是不了解我！

　　叔齐（摇头强曳）　不是呀，哥哥，总之你跟着我走吧！我也是不愿意的。

　　伯夷　你也不愿意，你为甚么不叫他们任意选择一个？为甚么要率领他们来追赶我？啊啊，我始终把你误解了。我才在庆幸我出了牢笼，你们真像追捕逃犯一样又要来促我去投入罗网？我在人世中只挂念着你，如今我一点挂念也没有了。（脱身驰向海边欲投海。）

　　叔齐及渔人夫妇趋前挽勒之。

　　叔齐　啊啊，哥哥，你误会了我，你误会了我，我不是来追你的。我……

　　野人一群手中各持铜器或石器①，自右翼跑出。

　　叔齐　啊，他们已经追赶到了！哥哥……
　　野人甲　好了，他在这儿了，哈哈，还是两个！
　　野人乙　②凌渔父夫妇也在这儿。

　　群人蜂涌围集。

　　————————————

　　① 初刊本"铜器或石器"为"铜石器"。
　　② 初刊本及泰东本此处有"我们的"。

渔父　你们怎这么大惊小怪的？[1]为的是甚么事情？

野人甲（指叔齐）　我们追赶这位自称王子的恶魔！他是吃人的殷王受辛的儿子，他胆敢到我们部落里来了。

野人丙　他到柳孤儿家里去讨茶水，柳孤儿的母亲问他是甚么，他起初还支吾，后来他说他自己是出外游历[2]的王子。柳孤儿的母亲问他要往甚么地方去，他说要往朝歌。柳孤儿的母亲才忽然想起他是杀她丈夫的仇人的儿子，她便来告诉[3]我们，我们大家就来捉他。他见不是势头，便乘机逃跑到这儿来[4]。

伯夷　哈哈，你们误会了，我也误会了。这是我的兄弟……

野人丁　哦，你也是殷王受辛的儿子吗？

野人乙　好，我们一并结果了他。

渔父（制止众人）　你们不得胡闹[5]！你们听这位孤竹国的王子说话！

伯夷　我听了这几位朋友的话，我才恍然大悟了。渔父！我刚才对你说过我有一个兄弟，这便是我的兄弟叔齐了。[6]我的名字叫伯夷。——朋友们，你们误解了。我们不是殷王的儿子，

---

① 初刊本及泰东本此处有"你们"。

② 初刊本及泰东本"出外游历"为"外游"。

③ 初刊本及泰东本"告诉"为"报告"。

④ 初刊本及泰东本"到这儿来"为"了来"。

⑤ 初刊本及泰东本"胡闹"为"狂躁"。

⑥ 初刊本及泰东本此处为"我听了这几位朋友的话，我才恍然大悟了。叔齐！你处处遭了误解，我也把你误解了呢。凌渔父！我听他们叫你是凌渔父，我也便叫你凌渔父吧——凌渔父！我刚才对你说我有一个兄弟，这便是我的兄弟叔齐了。"。

我们是那辽河上流的孤竹国的人。不错，我们也是两个王子，但是我们不是那吃人肉的魔王。①——叔齐，我不想你便也早早得手逃出来了呢。

叔齐　哥哥，自从父亲死的那晚上你失踪了，国内的人骚乱得甚么似的。他们有人说你是孝子，怕因为太伤心，跳进辽河里面淹死了，他们第二天清早便在辽河一带洮河，想洮得你的尸首。只有我自己是明白的。我知道你一定是不想做国王，悄悄地逃走了。所以他们在洮你尸首的时候，我乘着机会便也逃走了出来。我出国的时候，不知你的去向，但是我们对于西方的景仰，好像是我们先天的遗传。我们的祖先是从西方来的。我们常常所梦想的华胥国，也是在远远的西方。我想你一定也是向着西方去的，所以我沿着辽河走到海上来，我没想到在这儿遇着你。②

渔父　难得你们这两位贤德的王子！

---

① 初刊本及泰东本此处为"但是我们不是那吃人肉的魔群。我们也是和你们一样，恨那吃人肉的魔群，所以才逃走了出来。"。

② 初刊本此处为"哥哥，自从父亲死的那晚上你的踪迹不见了，国内的人骚乱的什么似的。他们有人说你是孝子，怕为父亲殉了节，跳在辽河里面死了。他们第二晨早便在辽河一代洮河水，想洮得你的尸首。只有我自己是晓得的，我晓得哥哥绝对不是那种愚蠢的孝子。哥哥时常向我说许由务光泰伯仲雍的一些古今的贤人，我晓得哥哥一定是不想做国君悄悄地逃走了。哥哥，你是我的太阳，我失了太阳怎么能够活得下去呢？所以他们在洮你尸首的时候，我乘着机会便也逃走了来。我出国的时候，不知哥哥的去向，但是我们对于西方的景仰，好像是我们先天的遗传。我们的祖先是从西方来的。我们常常所梦想的无君长刑政的华胥国，也是在远远的西方。西方的天宇对于我们是何等的一种爱诱哟！西王母所在的西方，华胥国所在的西方，梦幻中的金色的西方，啊，那是我们未生以前的乡土，我是想到那无政长无刑戮的乐土里去！我想我的哥一定也是向着西方去的，所以我随着辽河走到海上来，我正想折向西方去；我不料在这儿竟遇着这几层意外的惊喜。我真感谢这些追赶我的朋友们，他们使我得早早和我哥哥相遇。我死在我哥哥的眼前，我就好像小猫儿熟睡在太阳光里一样，我是可以心安意适的了。"；而初刊本"怕为父亲殉了节"在泰东本中改为"怕因为伤心的缘故"，余同。

野人甲 ① 我们真冒失了。

野人乙 请这两位王子到我们部落里去②。我们要多捕些海鱼来款待他们。

凌妻 柳孤儿和他的妈妈也赶来了③！

柳孤儿十岁光景的孩子，柳妈四十上下的妇人，从右翼④匆匆出。舞台变成绿光，表示太阳阴去。

野人丙

野人丁⑤ 柳妈妈，你错认了人呢！他不是殷王受辛的儿子，他是孤竹国的王子呢。

柳妈 怎么？他不是说的出外来游历，现刻要往西方，要往朝歌去的吗？如今不是殷王的亲人，只有从朝歌出来的人，没有人会往朝歌去的。他怎么会不是殷王的儿子呢？你们不要受了他的欺骗。

叔齐 啊，这是我说话失了检点，我不知道有这样的委曲。

伯夷 你怎么说你要到朝歌去呢？

叔齐 哥哥，我的心事只有你一人知道。我原是顺路想往岐

---

① 初刊本及泰东本此处有"吓，"。
② 初刊本及泰东本此句为"我们请这两位王子到我们部落里去过活吧"。
③ 初刊本及泰东本此处有"呢"。
④ 初刊本及泰东本"右翼"为"左翼"。
⑤ 初刊本及泰东本"野人丙　野人丁"为"野人丙丁"。

山访个友人。说不定要向朝歌去一趟 ①。

伯夷　你这意思连我也不知道了。你在岐山有甚么个友人？

叔齐　哥哥，你忘记了么？十几年前周君姬昌被殷王受辛幽囚在羑里的时候，他的臣下不是有一个人到了我们孤竹国来征求过宝物吗？他要征求些宝物去献给殷纣王，赎回他们的主子 ②。

伯夷　哈哈，闳夭吗？是，是，我记起来了。那要算是十四年前的故事了。那时候你才十三岁啦，闳夭到我们国里来，我们国里没有宝物给他。他看见我们父亲的侍女，才满十五岁的孟姜——啊啊，可怜的孟姜！她便在那年离开了我们了——闳夭向我们父亲要她，要把她带去献给殷纣王。我们那顽梗的父亲，会拿人的生命来做礼品的父亲，他公然答应了。可怜孟姜离开我们走的时候，她流了多少眼泪呵。③ 你喜欢孟姜，孟姜也喜欢你。孟姜走了之后，你还时常向我哭。后来你不哭了，我以为你是忘了。你现在说要去访闳夭，你是要去问孟姜的下落吗？④

叔齐　我自从离开了孟姜，哥哥，你是晓得的，我就好像失了我的魂一样 ⑤。

柳妈　你们说起孟姜来，我的仇人也就是你们的仇人了。说

---

① 初刊本及泰东本此句为"说不定更要向朝歌去一次"。

② 初刊本及泰东本此句为"他许征求些宝物去献给殷王，赎回他们的君主"。

③ 初刊本及泰东本此处为"我们那顽梗的父亲，会拿人的生命来做礼物的父亲，他竟然答应了他，可怜孟姜离开我们走的时候，她不知流了多少眼泪，那时候你也不知道流了多少眼泪啦"。

④ 初刊本及泰东本此处为"你是要去问孟姜的下落了，被沙土埋积了的葱芽在沙中依然不断的生长。你这十四年前的爱苗，此刻才渐渐伸出来了啦"。

⑤ 初刊本及泰东本此处为"哥哥，你现要来嘲笑我。哥哥是我的太阳，孟姜是我的月亮。我自从离开了孟姜，哥哥，你是晓得的，我夜夜过的都是暗黑无光的雨夜呢"。

起孟姜，这在朝歌城里，甚么人都是知道的。①

叔齐　啊，妈妈，你知道孟姜的下落吗？千万请你告诉我们。②

柳妈　是的，孟姜，十几岁的一个女孩子，她才到朝歌的时候，听说是周国的人献来的美女。每年献进朝歌城的美女，不知道有多少人呵，但是没有一个人能像孟姜一样，人人都称赞她，人人都替她流泪。人们称赞她，说她的面貌就好像木槿花，说她的声音就好像玉磬的声音，说她的身材就好像翩飞着的燕子。③人们④说她献进宫里去的时候，那淫虐的殷王受辛真是十分宠爱她，比爱苏妲己还要爱。但是孟姜她总是哭，她总不爱殷王受辛。殷纣王千方百计想安慰她，给她做玉石砌成的宫殿，象牙的寝床，珊瑚树的妆台，赤金的照面，但是她总不爱他。⑤倒是苏妲己生了嫉妒了。说是有一天晚上，月亮很好的晚上，苏妲己把孟姜诱引⑥到后花园里去。孟姜一走到花园里，月亮见了她便分外放出了一段光耀；池塘里睡了的莲花又开起花来，放出异样的清香。花园中睡了的鸟儿也唱起歌来，唱得非常清婉。因此苏妲

---

① 初刊本及泰东本此处为"你们说起孟姜来，我的仇人便也是你们的仇人。说起孟姜，这是朝歌城里人甚么人都是晓得的。"。

② 初刊本及泰东本此处为"你知道孟姜的事情吗？千万央求你，请你告诉我们。"。

③ 初刊本及泰东本此处为"孟姜才到朝歌的时候，听说是周国的人献来的美女。每年献进朝歌城的美女，不知道有多少人，但是没有一个人能如孟姜一样，人人都称赞她，人人都替她流泪。人们称赞她，说她的面貌就好像木槿花，说她的声音就好像玉磬的声音，说她的身段就好像翩飞着的燕子。"。

④ 初刊本及泰东本"人们"为"他们"。

⑤ 初刊本及泰东本此处为"但是孟姜她总是哭，她总不受殷王的爱抚。殷王千方百计想安慰她的心，给她做玉石的别宫，象牙的寝床，珊瑚树的妆台，赤金的照面，但是她总不受他爱抚"。

⑥ 初刊本及泰东本"诱引"为"邀诱"。

己愈见嫉妒她,诱引她到一眼古井旁边去。井旁边立着一株梧桐,梧桐叶里也发出一段悠扬的琴音。① 苏妲己便对孟姜说:"孟姜,我想你一定是齐国的人;你一定是想回你的故乡。这眼古井是和东海的海水相通的,你假如肯跳了下去,……"② 孟姜不等她的话说完,便如像一个燕子一样,飞下井里去了……

叔齐　唉? 孟姜她飞下井里去了! ③

柳妈　她飞下井里去,月亮被乌云遮了 ④,莲花也闭了,群鸟的歌声也息了,梧桐的琴音也断了,只有苏妲己在黑暗中痴笑。后来便没有人知道孟姜的下落了 ⑤。

叔齐（在岸上徘徊,扬声悲歌）

月儿收了光,

莲花凋谢了,

凋谢在污浊的池中。⑥

燕子息了歌,

琴儿弦断了,

---

① 初刊本及泰东本此处为"因此苏妲己愈见嫉妒她,诱她到一眼古井旁边去。井边立着一株梧桐,梧桐叶里也发出一段幽飏的琴音。"。

② 初刊本及泰东本此处为"妲己便对她说:'孟姜,我想你一定是齐国的人;你的心事一定是想回你的故乡。这眼古井是与东海的海水相通的,你假如肯跳了下去,……'"。

③ 初刊本及泰东本此处为"呀? 我的孟姜她飞下井里去了!"。

④ 初刊本及泰东本为"月亮也收了光了"。

⑤ 初刊本及泰东本此句为"后来人便不知道孟姜的下落了"。

⑥ 文集本此处两句为:

莲花雕谢了,

雕谢在污浊的池中。

弦断了枯井上的梧桐。

我是那枯井上的梧桐，
我这一张断弦琴
弹得出一声声的哀弄：

丁东，玲琤，玲珑，
一声声是梦，
一声声是空空。

同歌往复歌唱，边唱边在岸上盘旋。
余人伫立岸上，俯首无语。

伯夷（沉抑）　叔齐！我们不能长在这儿缠绵，你还是想到朝歌去吗[1]？

叔齐（止步）　咹？我不，不想到甚么地方去了。

伯夷　啊啊，我们不幸生为了王子！一出了宫廷连自食其力的本领也没有。我刚才的一片狂欢，你现在的一片哀情，这就是我们的本领。我听说首阳山上，薇草甚多；我们往那儿去，靠着自然的恩惠过活吧。[2]叔齐，你肯和我往那儿去吗？

---

[1] 初刊本及泰东本此句为"你还是想到甚么地方去呢"。
[2] 初刊本及泰东本此处为"一出了宫廷连自食其力的力能也没有。我刚才的一片狂欢，被你这无边的爱情也化为止水了。我听说首阳山上，薇草甚多；我们往那儿去，去仰自然的恩惠去罢"。

叔齐颔首。

伯夷（向众人） 列位兄弟们、妈妈们，祝你们多打些大鱼，我们走了。① （向众人揖别后，携叔齐手向林中隐去。）

凌妻置婴儿草地上，随众人步往林边默送。

柳孤儿在一旁逗婴儿发笑。

林中叔齐歌声复起，渐渐隐微，渐渐消逝。②

——幕下 ③

1922 年 11 月 23 日脱稿 ④

---

① 初刊本及泰东本此处为"凌渔父和列位的兄弟妈妈们，我们便从此去了。我们祝你们在此乐享独立无扰的自由原始的生活。"。

② 初刊本及泰东本此句之后还有最后一句："渔父（伫立良久，摇首叹息）啊，不可思议！不可思议！"文集本删去此句。

③ 初刊本及泰东本此处为"——幕——"。

④ 初刊本无时间注明；泰东本为"十一年十一月二十三日脱稿"。

附录

《创造》（季刊）第一卷第四期所载本篇《幕前序话》和《附白》：

幕前序话

幕上画书斋陈设，幕前以绒毯面地。

青年作家偃卧地上展读原稿。

同志一人从作家背面走入。

同志（默立良久）啊，你真专心，你在读甚么？

作家（惊愕回顾）哦，C君！你几时来的？（作欲起状）

同志（制止之）你不用起来！（说着盘坐作家旁）你读的是原稿，是你自己做的吗？

作家（以稿授之）唉，我是才做好。我正想拿来找你，你偏是先来的，你真来得恰好呢。

同志我正是来找你做戏本的呢。（阅稿）哦哦，《孤竹君之二子》，你这又是一篇古事剧了，是一幕吗？

作家唉。

同志很长呢，一时读不完，你请先把梗概说给我听罢。

作家　你这是苦人所难了。大凡一种作品，无论它是好是坏，假如只是听得一个梗概时，就好像不见女人只见一架骸骨一样：哪怕她便是西施，便是 Cleopatra，也是只有使你失望的了。你如不愿读时，倒不如不读的好。

同志　哪有不读的道理！……唔，你一说起骸骨来，我倒连想起一句毒评来了。近来有人说你是"迷恋骸骨"的，你听见说过没有？我想来怕是因为你爱做古事剧的原故吧。

作家　我早就知道了，说我尽他说，我不能做万人喜悦的乡愿！宇宙中一切的森罗万象，斡旋无已，转相替禅：一切无形的能和有形的质，从古以来，只有变形，没有增减。植物吸收动物的死骸以为营养；动物也摄取植物的死骸以维持生存，大冶造器，溶化许多古铜烂铁而成新钟。造物生人，只把陈死的原素来辗转搏拟。天地间没有绝对的新，也没有绝对的旧。一切新旧今古等等文字，只是相对的，假定的，不能作为价值批判的标准。我要借古人的骸骨来，另行吹嘘些生命进去，他们不能禁止我，他们也没有那种权力来禁止我。他们如说我做的古事剧不好，他们能够指摘出我的不好处来，那还可以佩服！如说是我做了古事剧便不好，那譬如一只盲犬在深夜里狂吠，我只好替他可怜了。——

同志　老实，我要问你一句，我觉得做古事剧好像有两种倾向。一种是把自己去替古人说话，譬如莎士比亚的史剧之类。还有一种是借古人来说自己的话，譬如歌德的《浮士德》之类。我读你从前做的一些古事剧，你好像是受了歌德的影响呢？

作家 也不尽然，便是歌德自身，他的《浮士德》虽是如你所说是一种自传的史剧，但是他的《依斐更尼》（*Iphegenie*）便不然了。我自己的态度，对于古人的心理是想力求正当的解释；于我所解释得的古人的心理中，我能寻出深厚的同情的内部的一致时，我受着一种不能止遏的动机，便造出一种不能自已的表现。譬如我这篇独幕剧，这伯夷叔齐两位古人，我们如是不善读《史记》的人，便容易把他们误解。《史记》上说，武王伐纣，伯夷叔齐扣马而谏，说他"以臣弑君"。像这句话，我只怕是太史公或者太史公以前的人添的蛇足。我们的伯夷叔齐，是视君位如敝屣的人，他们绝不会有那样保皇党、复辟党般的口吻。他们在首阳山饿死的时候，唱的一首《采薇歌》：

> 登彼西山兮，采其薇矣。
> 以暴易暴兮，莫知其非矣。
> 神农虞夏忽焉没兮，我安适归矣。
> 吁嗟徂兮，命之衰矣！

我们读他们这首歌，可以见得他们反对周武王用兵，并不是出于尊王；并不是在替殷纣王作辩护；他们反对的是那种以暴易暴的战争，那种不义的战争，那种家天下的私产制度下的战争。他们反对家天下的制度，他们所景仰的是"天下为公，选贤与能"的神农虞夏的时代。《庄子》的《让王篇》上有一段他们的逸话说得最好，他们说："昔者神农之有天下，……其于

人也忠信尽治而无求焉，乐与政为政，乐与治为治……"我们
可见得神农时代的政长，只是对于人民忠信尽治的公仆，群众
乐与为政的时候为政，乐与为治的时候为治；政治是可有可无，
政长也不过是随遇而设的。神农时代的史迹，我们现在不能明了，
比较明了的是虞夏之际，那的确是一种哲人政治的楷模。舜是
由农民选出来的，禹是罪人的儿子，他们都是以自己的贤能，
由群众推举的共主。伯夷叔齐景仰这种时代，正是他们敝屣君
位的根据，反对战争的根据。所以我们考察他们的言论，综核
他们的行为，他们的确是他们古代的非战主义者，无治主义者。
他们的精神和我们近代人是深相契合的。我把他们来做题材，
也犹如把 Kropotkin，Bakunin 拿来做题材的一样；在我的眼中，
他们这样古人才是永远有生命的新人，而我们现代一些高视阔
步空无所有的自命为新人的青年，才是枯槁待朽的骸骨呢！

　　同志（猛起，右手握原稿连连打击左手） 啊啊，痛快！痛
快！你替我们古人雪了不白之冤，也为我们今人吐了不平的气。
你这篇剧稿，我现在不用读了，我们快拿去上演吧。走！走！
快到我们"自由戏场"里去！非我们亲自去演不可。

　　作家（起身） 我那剧中有几首歌。应该要有乐谱才能上演。

　　同志（捉作家右臂边走边说） 那是很容易的，我走着一面读，
一面和你制谱，我此刻只要坐上比牙琴立地和你谱得出来。走！
走！我们现代即使没有伯夷叔齐这样的人，我们在舞台上也要
演给他们看看。

　　（二人同下）

台上另换一白幕。正中横书金色的"自由"两大字。

幕后比牙琴的独奏，弹 Beethoven 的 *Moonlight Sonata*。

附白

这篇戏剧本已构想一年多了。原拟作成三幕：第一幕北海之滨，第二幕岐山之阳，第三幕首阳山下；原是想照史事按实发挥，时作时辍，总是不易成就。《北海之滨》是从《孟子》引出。《孟子》上有"伯夷避纣居北海之滨"的一段逸话，我想这"北海之滨"大约就是渤海北岸了，我国古时的疆土说不到贝加尔湖（苏武牧羊的北海），更说不到北冰洋去。伯夷叔齐离去孤竹之后，大约在渤海边上住居过一晌，但是他们在渤海边上的生活是怎样，古书没有说得有。

《岐山之阳》是打算借《庄子·让王篇》中的一段故事来发展，《让王篇》中说："昔周之兴，有士二人，处于孤竹，曰伯夷、叔齐。二人相谓曰：'吾闻西方有人，似有道者，试往观焉。'至于岐阳。武王闻之，使叔旦往见之，与盟曰：'加富二等，就官一列。'血牲而埋之。二人相视而笑，曰：'嘻，异哉！此非吾所谓道也！昔者神农之有天下也，时祀尽敬而不祈禧；其于人也，忠信尽治而无求焉，乐与政为政，乐与治为治，不以人之坏自成也，不以人之卑自高也，不以遭时自利也。今周见殷之乱，而遽为政，好谋而行货，阻兵而保威，割牲而盟以为信，扬行以说众，杀伐以要利，是推乱以易暴也。吾闻古之士，遭治世不避其任，遇乱世不为苟存，今天下暗，周德衰，其并乎周以涂吾身也，不如避之以洁吾行。'二子北至于首阳之山，遂饿而死焉。"这段逸事，在吕氏春[①]季冬纪的《诚廉》篇也有，措语稍稍有点不同。《韩诗外传》中也有同意的语句。

《首阳山下》便想专叙他们的饿死情况了，《史记·伯夷列传》中有一首《采薇歌》，这是一般的人大概都是知道的。

我起初打算做三幕的时候，原想在第三幕上尽力。叙述他们饥饿中生理的和心理的状态，打算构成种种幻觉（Hallucination，这是饥饿中常有的现象）。我在今年暑中曾立志断食七天，想去自行体验，可怜我的意志薄弱，才断食一天便再也不能支持下去了。在那断食的一天之中，做了九首《哀时古调》，那也可算是这一次小失败的成绩了。断食一失败了之后，三幕的计划便同受动摇，终觉没有成就的希望。

一礼拜前偶染伤寒，夜中发热至摄氏三十九度。终夜辗转床席，不能成寐；然在病热郁集之中，想象力乃突然加了异样的速度，竟构出本篇的一幕情景。病愈之后，在昨夜中始偷暇着手缮写，参着旧稿，居然成了一篇独幕剧来。今晨自行阅读一遍，粗率不堪卒读之处甚多，又重新毁稿一次，缮写成现在的这一篇，依我现有的能力，现有的时间看来，我对于这一篇，也只好权自满足了。

---

① 初刊本此处脱"秋"字。

　　本篇的人物除伯夷叔齐而外，概系出自虚构。读者不能以读历史的眼光读人的创作。创作家与历史家的职分不同：历史家是受动的照相器，留声机；创作家是借史事的影子来表现他的想象力；满足他的创作欲。譬如一部《水浒》的事实，在历史上不过一两句，而施耐庵便把他发展成一部宏大的奇书。历史家的叙述也有时不是全部正确的。即如太史公的《伯夷列传》，便有不正确的地方三处。（一）他叙述武王载文王木主伐殷，夷齐扣马而谏曰，"父死不葬"云云，姑无论他这段是否事实，然文王之死在武王伐殷之前十一年，亦不会有停丧至十一年而犹不葬之理——这一着前人已有人指摘过了。（二）又如"以臣弑君，可谓仁乎"的一句话，也只是太史公的杜撰——序幕中已经说明了，此处不再说。（三）据《竹书纪年》在殷纣王二十一年记"伯夷叔齐自孤竹归于周"，距文王之死在二十年之前；然《史记》则云"及至，西伯卒"，好像夷齐之归周是在周文王之死后。此条据前引《庄子》之文，《史记》所说似觉较为可靠。

　　诸如上述，已可见历史之不可尽信。《孟子》于《周书》之《武成》只取二三策，创作家便想从这二三策中构出一座蜃气楼台。

　　　　　　　　　（十一年十一月二十三日稿成志成）

广寒宫①

时：地上黑暗与睡眠支配着的时候。

地：月里广寒宫嫦娥们读书之别院。

景：一片冰岩雪窟，正中簇拥书院一椽，以碧玉为阶，以朱玉为柱②，无窗户门壁，以云母为帘，垂而未卷，屋瓦凝冰，一片皑白。

院前厂地，上积冰雪。中央有桂树一株，大可合抱，高与屋齐，枝叶畅茂。群叶如玉片纷披，枝干如青铜滑腻。

上有一片蔚蓝色的天空，明星点点。

嫦娥二人自右翼负书笈而出。散发，勒以金环，额前着银星一朵。衣色纯白，长袖宽博，裾长曳地。

嫦娥一③　妹妹，地上的嚣声，已如远潮一样，渐渐消退，群星都已醒来，这④正是我们歌舞的时候了。

---

① 本篇最初发表于 1922 年 8 月 25 日上海《创造》（季刊）第一卷第二期，初刊本及泰东本题目下方均有"（童话剧）"字样。

② 初刊本及泰东本此句为"以碧玉为阶墀，以朱玉为柱栏"。

③ 初刊本及泰东本此处"嫦娥一"及以下"嫦娥二""嫦娥三""嫦娥四"分别为"第一""第二""第三""第四"。

④ 初刊本无"这"。

嫦娥二　我们来得太早，姊妹们都还没有起来呢。

嫦娥一　她们总爱贪睡，不怕天鸡叫得多么高，总不容易把她们叫醒。等她们醒来的时候，张果老先生又① 要起来干涉我们了。

嫦娥二　可不是吗！我们那张果老先生，真是令人讨厌。我们唱歌时，群星也在同我们唱歌。我们跳舞时，群星也在同我们跳舞。② 那是多么高兴！他总③ 要来管束我们，要叫我们去读那不可了解的怪书。我们真是把他没办法呢。我们能得想个法子出来，把他拘束着，听随我们自由，那是多么好啦！

嫦娥一　可不是吗！但是我们想不出法子来，也就④ 只好偷着空儿取乐，可惜她们偏偏又要贪睡呢。

两人走至桂花树下，攀吊树枝，作秋千舞。

嫦娥二　姐姐，你可知道，这株树子是甚么名儿？

嫦娥一　这是地上的桂花树儿，我是昨天才听见张果老先生讲的。

嫦娥二　地上的树木，为甚么能够生长在我们月宫里呢？

嫦娥一　他说是在不知道多少年辰以前，那银河东岸⑤ 住着

---

① 初刊本"又"为"也"。
② 初刊本及泰东本此处为"我们歌舞着时，群星也在同我们歌歌，群星也在同我们舞舞。"。
③ 初刊本及泰东本无"总"。
④ 初刊本及泰东本无"就"。
⑤ 初刊本"东岸"为"北岸"。

的织女姑娘，无端想和对岸的牵牛童子相会。但是因为有天河①隔着他们，他们不能渡河。织女姑娘是很灵巧的人，她用黑白丝绢，剪成十三只鸟儿，向他们叹道：啊，去呀！它们也就"啊去呀！啊去呀！"地叫着飞起去了。它们飞到地上去，采集许多香木来，在银河上面架了一道桥儿。因此织女和牵牛，便得在桥头相会。但是地上的东西是不能经久的。等他们会了一刻之后，那鸟儿们便要把桥拆毁，含飞到尘世去。听说自从那时起，尘世上才有那种鸟儿，因为它们只是"啊去呀！啊去呀！"地叫，所以地上的人都叫它们是"鸦鹊"。这些鸦鹊们每到一定的时候，总要飞来天上架一次桥，架了又拆含回去。有一次，它们②衔来的树枝落了一枝到我们月宫里来。张果老先生把它插在我们学堂门前，便长成这么大的一株桂树了。——这些话真确不真确我不知道③，但是是他亲自对我说的。

嫦娥二　哦，原来还有这么一段稀奇的故事！无怪这桂花树儿，总有些不同。我们月中的桫椤树儿们，都是青翠④透明的。这株桂花树儿，他偏会多生枝叶，并且在这明净的地方，偏会生出些阴影来。这真是株不好的东西啦⑤。你看，它又不开花，又不结子。

嫦娥一　妹妹，你倒错怪了它了。听说它在地上原是顶珍贵

---

① 初刊本"天河"为"河"。
② 初刊本及泰东本"有一次，它们"为"他们有一次，"。
③ 初刊本及泰东本"不知道"为"虽是不得而知"。
④ 初刊本及泰东本"青翠"为"青螭"。
⑤ 初刊本及泰东本"不好的东西啦"为"不良树儿呢"。

的树子①。它每年要开一次香花。落到我们月宫里来，因为气候不同，所以它便永远不能开花，只好多生枝叶了②。

嫦娥二　那么，它倒可怜了。

嫦娥一　可怜它离却故乡，孤身独自。

嫦娥二　姐姐，它这样不言不语，怕它心中在暗暗地怨恨那织女姑娘呢！我倒很想做首诗来替它申诉，可惜我又做不好。

嫦娥一　妹妹，你做吧！你快做吧！你做出来念给我听听咧！

嫦娥二（绕树沉吟一会）姐姐，我有了，可是不好。

嫦娥一　你快念给我听听咧！不要踌躇呀！我们姊妹间还害甚么羞呢？

嫦娥二（朗吟）

天河涓涓水在流，

怨她织女恋牵牛。

为多一片殷勤意，

惹得香花失故丘。

嫦娥一　妹妹，你这不是一首好诗吗？你的心机③真灵敏呀！……

---

① 初刊本及泰东本"树子"为"树儿"。
② 初刊本及泰东本"了"为"呢"。
③ 初刊本及泰东本"心机"为"心儿"。

嫦娥二 嗳哟，姐姐，你总 ① 爱奉承！

嫦娥一 我却不是奉承，我想这不言不语的树儿，怕在暗暗地向你道谢呢！你等我把你这诗 ②，刻在这树皮儿上吧。（自书笺中取出 ③ 裁纸刀儿一柄，走至树下。）

嫦娥二（拦阻） 姐姐，你不要刻呀！

嫦娥一（不应，用刀刻树，念出） 天河涓涓……（刀刻不进）④ 哦呀！这株树儿真是奇怪！我的刀儿刻不进呀！我们月中的树儿都是鲜葳葳的、嫩禾禾的，便用指甲儿也可以掐弹得破，偏这树儿才这么顽皮呢！

嫦娥二 刻不进正好！刻不进正好！免得我露丑 ⑤。

唱歌之声起。

嫦娥二 哦呀，姐姐！她们都醒来了！她们唱起歌儿来了！

嫦娥一 来了！她们来了！我们藏在这株树儿背后，骇她们一下吧 ⑥。

嫦娥二 那很有趣，很有趣 ⑦。

---

① 初刊本及泰东本"总"为"终"。

② 初刊本及泰东本此句为"你等我把这诗儿"。

③ 初刊本及泰东本"取出"为"收出"。

④ 初刊本此处为"（不应，用刀刻树，先念出'天河涓涓'四字，刀刻不进，惊）"；泰东本此处为"（不应，用刀刻树，先念出'天河涓涓'四字，刀刻不进）"。

⑤ 初刊本及泰东本"露丑"为"露出丑来"。

⑥ 初刊本及泰东本此句为"惊骇她们一下罢"。

⑦ 初刊本及泰东本此句为"那是很有趣儿，那是很有趣儿"。

两人躲入树后。

歌声——女儿数人合唱：

地上夜深时，月中朝日起。

天鸡叫遥空，笙歌漾天宇。

天宇色青青，星星次第明。

姊妹月中人，云彩衣上生。

嫦娥数人，与前两人作同样装束，自右侧鱼贯而出。

我们今天来得却是太早，张果老先生他还没有醒来呢。

我们往常来的时候，他总在这株树子^①下坐着等我们，想起他那样儿来，我真想笑死了。往常来得很早的两位姐姐，今天怎么不见人呢？怕她们在睡懒觉了。

今早等她们来时，我们好取笑她们一场。

怕她们早早进学堂去了^②！

我不相信。

我不相信。

我不相信她们便早早进了学堂，她们平时都不是很讨厌^③张

---

① 初刊本及泰东本"树子"为"树儿"。
② 初刊本及泰东本此句为"怕她们早早进了学堂去呢"。
③ 初刊本及泰东本"讨厌"为"厌恶"。

果老先生的吗？

我想不恨张果老先生的人不会有①。

张果老先生他真是讨厌的人，你看他耳朵又聋，眼睛②又瞎，背又驼，脚又短。他走起路来，倒是非常之快。别人家正在欢乐的时候，他就好像一颗流星一样，一溜地就跳起来了。

我最讨厌的是他那个样儿。你看，他那对③眉毛，长得来快要吊到嘴角了；他那簇胡子，翘在嘴下，就像只兔子的尾巴④。

他身上的穿着，又不逗人笑吗？一件黄棉袄儿，袖子又长，腰身又短。腿套也是黄的，鞋袜也是黄的。他又戴一顶红耳绊儿的黄风帽儿。你看，他一弓起背儿走来，那才不像一个人样儿呢！

我前两天做了两首可笑的歌儿，我怕你们告我，我不敢对你们讲。⑤

你做的是甚么可笑的歌儿？你讲吧！

你讲吧！谁会告你？你说话才叫稀奇！

你念出来，让我们大家听听！⑥

我做的是《张果老的歌⑦》，请你们大家围成一个圈，等我

---

① 初刊本及泰东本此句为"我想我们不恨张果老先生的人怕没有"。
② 初刊本及泰东本"眼睛"为"眼"。
③ 初刊本"对"为"一对"。
④ 初刊本及泰东本此处有"一样呢"。
⑤ 初刊本及泰东本此处为"我前两天倒做了两首可笑的歌儿，我怕你们怪我，我不敢对你们说。"
⑥ 初刊本及泰东本此处为"你说罢！你说罢！你念出来我们大家听听！"。
⑦ 初刊本及泰东本此处有"儿"。

唱两句，你们跟着我唱。①

那很有趣！那很有趣！②

众嫦娥排成一个圆形，提头者站立在中央，调好声息，唱：

张果老，

逗人笑……

才唱两句，便自行发起笑来。

你自己便笑了，还有甚么趣味呢？

提头者调好声息再唱，每唱两句，其余同声③和之。

张果老，

逗人笑！

眉长长过眼，

背驼高过脑。

目眇耳又聋，

胡须嘴下翘。

黄风帽儿红耳绊，

身上穿件黄棉袄。

黄棉袄，

短又小。

身长不过膝，

袖长长过爪。

---

① 初刊本及泰东本此处为"我们大家围成一个圈儿，等我唱两句，你们大家给着我和起来罢。"。
② 初刊本及泰东本此处为"那很有趣儿！"。
③ 初刊本及泰东本"同声"为"合声"。

一对鸭儿鞋，

一双黄腿套。

弓起背儿走起来，

就像一个猴儿跳。

最后两句，众人不能唱和，喧笑起来。

张果老的声音（在树后）："你们这些顽皮的丫头！ [①] 你们不进学堂来读书，还在那儿取笑我啦！"

众嫦娥惊惶失措，纷纷向学堂跑去。

二嫦娥扬笑声自树后掩出。

你这两个顽皮丫头！你们真骇得我们不浅！

我们要惩罚你们！我们要惩罚你们！

群扭二人而膈肢之，笑声杂沓，在树下群相追逐。

嫦娥一　饶了我们吧！饶了我们吧！

嫦娥二　我们本来没有罪过，是你们自己虚了心。

嫦娥一　是你们自己糊涂了。

数人　你们还说是我们自己糊涂吗？

嫦娥一　嗳哟，不要膈肢得人这么怪难过的。

----

① 初刊本及泰东本此处为"树后有老人声息：'你们这些顽皮的了头！'"。

嫦娥二　你们总不该背着先生说坏话啦！不是自己糊涂，是谁个糊涂呢？

数人　就算是我们错了，我们糊涂了，你们总不该骗人，你们做出鬼鬼祟祟的事①。

嫦娥三　姐姐妹妹们，你们等我来和解吧！你们②大家都松了手吧！

众嫦娥各各松手听命。

数人　姐姐！你要怎么和解呢？

嫦娥三　今朝总算是她们错了，她们不该欺诈我们，我们罚她们唱曲歌儿来赎罪，你们看好不好③？

嫦娥四　好便是好，但是我想应该加个条件。

嫦娥三　加个甚么条件呢？

嫦娥四　我们要叫她们唱一曲新鲜的歌儿，歌着一段新鲜的故事。要她们轮流地接着唱，不准她们先商量。那就是说要她们临时合作一首歌曲，边作边唱。看她们情愿不情愿？④

嫦娥三　嗳哟，你这样是苦人的难题了！

其他　不苦不成刑罚呢！

---

① 初刊本及泰东本此句为"你们总不该做出那么诡诈的勾当啦"。

② 初刊本及泰东本"你们"为"我们"。

③ 初刊本及泰东本此处有"呢"。

④ 初刊本及泰东本此处为"我们要叫她们唱一曲新鲜的歌儿，歌着一段故事，要是我们不晓得的。并且至短要在四节以上，各人唱一节，要不准她们商量，不准她们思索。看她们情愿不情愿？"。

嫦娥三（对^①二人）你们情愿不情愿呢？

两人相视而颔首。

嫦娥一　不要紧，不说只是一曲歌子^②……
嫦娥二　就是十曲百曲，我们也情愿^③。
嫦娥三　那么，你们就请唱吧！唱得不好的时候，再罚你们
十曲百曲！

　众嫦娥排成新月形，两人在前方^④交互歌唱，唱时做出种种
姿势，表现歌中情节。最后两人重复合唱一遍。^⑤

^⑥天河涓涓水在流，

隔河织女恋牵牛。

可怜身无双飞翼，

可怜水上无行舟。

可怜水上无行舟，

窈窕心中生暗愁。

---

　① 初刊本及泰东本此处有"于"。

　② 初刊本及泰东本"歌子"为"歌儿"。

　③ 初刊本及泰东本此处有"唱呢"。

　④ 初刊本无"方"。

　⑤ 初刊本及泰东本此处均无此句。

　⑥ 初刊本及泰东本此五段歌词，在每段歌词前都有一个序号，依次为"（第一）""（第二）""（第
一）""（第二）""（第一）"；这五个序号在文集本中均被删除。

愁到清辉减颜色，
愁如流水之悠悠。

愁如流水之悠悠，
悠悠此恨何时休？
织就绢丝三百两，
织成鸦鹊十三头。

织成鸦鹊十三头，
放入尘寰大九州。
采来地上之香木，
采来天上效绸缪。

采来天上效绸缪，
天河之上鹊桥浮。
桥头牛女私相会，
桥下涓涓水在流。

、 众嫦娥听毕鼓掌。①

好极了！好极了！

------

① 初刊本及泰东本此处为"好了，我们的歌儿唱完了，你们满足不满足呢？"。

哪来这么一段有趣的故事 ① ？

两位姐姐，是你们自己编出来的吗？

嫦娥一　不是的，是我们听来的呢。

姐姐们是从甚么地方听来的？

嫦娥二　是她从张果老先生那儿 ② 听来的呢。她刚才才对我讲起，还有更有趣的，就是这株树儿，（指桂树）它正是鸦鹊们从地上衔来的香木呢！

这么大的一株树子，怎么能从地上衔来？

嫦娥一　嗳哟，你们真是聪明！它被衔来的时候，只不过是枝枯枝，张果老先生把它插在这儿，它便活了，不知道长了多少年辰，才长到这么大的呢。

哈哈，真的吗？这真奇怪啦！

嫦娥二　这还不算奇怪，还有更奇怪的呢！我们刚才来的时候，想在这树皮儿上刻几个字儿，我们的裁纸刀儿才刻不进呢。

有那样的事情？我们不信！

我们不信有那样的事情！

嫦娥们 ③ 自书笈中取出裁纸刀儿，走至树下刻试。

呀，真的刻不进呢！

真的刻不进呢！

我们月宫中会有这样顽皮的树儿！

---

① 初刊本及泰东本此处有"儿"。

② 初刊本及泰东本无"那儿"。

③ 初刊本及泰东本"嫦娥们"为"群"。

哈哈，我倒想出一个计策来了！

是甚么计策呢？

是甚么计策呢？

我想起张果老先生他前几天讲^①过，他说他眼睛不好，这株树儿长得太高太大了，把学堂遮得怪黑暗的。他要把它斫掉。他前几天不是这么说过吗？

嫦娥一　不错，不错，他是这么说过。我懂得你的计策了。^②我们今天等他出来的时候，就叫他把这树儿斫倒，要是他不斫倒的时候，我们便再不进那黑漆漆的学堂里面去读书^③了。

嫦娥二　不错，不错。他自然是不会斫倒，我们去叫他来吧。

嫦娥们^④聚议之时，张果老半揭书院正中一帘，弓背而出，走至树前。嫦娥们与之壁面相遇，各各肃然检衽。

众嫦娥　先生起来了，先生早安！

张果老^⑤　你们早来，怎么还不进学堂，还在这儿做甚？

众嫦娥（^⑥面面相觑后，同声发言）　先生！我们有话要向你说呀！

张果老解开帽绊，倾耳作谛听状。

---

① 初刊本及泰东本"讲"为"说"。
② 初刊本及泰东本此处为"他是这么说过，他是这么说过。"。
③ 初刊本及泰东本"去读书"为"读书去"。
④ 初刊本及泰东本"嫦娥们"为"群相"。
⑤ 初刊本及泰东本为"果老"。
⑥ 初刊本及泰东本此处有"群人"。

先生前两天不是说过？你说这株树儿长得太高太大了，把学堂遮得怪黑暗的，要把它斫倒①。先生不是说过这句话吗？

张果老颔首②。

先生，我们今朝来，便是要请先生斫倒这株树儿。要斫倒后，我们才好进学堂里去读书。就请先生今朝把它斫倒③吧！

张果老（颔首）　我说过的话是定要做的，我做过的事情，不做到头是不罢手的。④好吧，你们走两个去，去把我的板斧给⑤抬来，等我今朝就动手斫倒它吧。费不了多大劲的。⑥等我斫倒了之后，你们再进学堂来也好。

嫦娥数人⑦应声往书院中去。

张果老　这株树儿，原来不是月宫中的树木，把它⑧斫了，倒也没有甚么可惜。在你们所不能计算的多少年辰以前，那天河南岸⑨的织女姑娘，想和对岸的牛郎相会。她因为不能渡河，才剪了十三只鸦鹊，放往尘世上去。放去衔些香木来在天河上

---

① 初刊本及泰东本此句为"先生说要把他斫倒"。
② 初刊本及泰东本此句为"果老（颔首）"。
③ 初刊本及泰东本此处有"了"。
④ 初刊本及泰东本此处为"我做的事情，不做彻底是不罢手的。"
⑤ 初刊本及泰东本无"给"。
⑥ 初刊本、泰东本无此句。
⑦ 初刊本及泰东本"嫦娥数人"为"第一第二两嫦娥，"。
⑧ 初刊本及泰东本"它"为"他们"。
⑨ 初刊本"南岸"为"北岸"。

架起桥儿，使她得和牛郎相会。那时从鸦鹊口中落了小小一枝枯枝来，我不该多事，把它插在这儿。它才一年长似一年，竟长得这么大了。它不该^①在这明净地方，生出许多阴影来了。

嫦娥数人抬一玉斧出，授诸张果老。^②

张果老　好了，我便斫倒它吧。生在我手里的，照例是死在我手里。你们各人去吧，等我斫倒了之后，改天再来读书吧！

众嫦娥（向果老鞠躬高声告退）先生！我们走^③了。（向左翼而退，低声相语）我们往广寒宫去作霓裳羽衣舞去吧！（再回顾果老，行一鞠躬礼）我们看你几时才能够把它斫倒呢！（退）

张果老执斧斫树，丁丁作声。

树枝只见震摇，树身永不受些儿伤痕。^④

——幕下

1922 年 4 月 2 日脱稿^⑤

---

① 初刊本及泰东本"它不该"为"颠转"。
② 初刊本及泰东本此处为"二嫦娥抬一石斧出，授诸果老。"。
③ 初刊本及泰东本"走"为"去"。
④ 初刊本及泰东本此处为"果老执斧斫树，丁丁做声，只见树枝震摇，树身不受些儿伤影。"。
⑤ 初刊本及泰东本为"（幕）十一年四月二日脱稿"。